ARQUEOLOGIAS
Prisca Agustoni

Conheça melhor
a Biblioteca Madrinha Lua.

editorapeiropolis.com.br/madrinha-lua

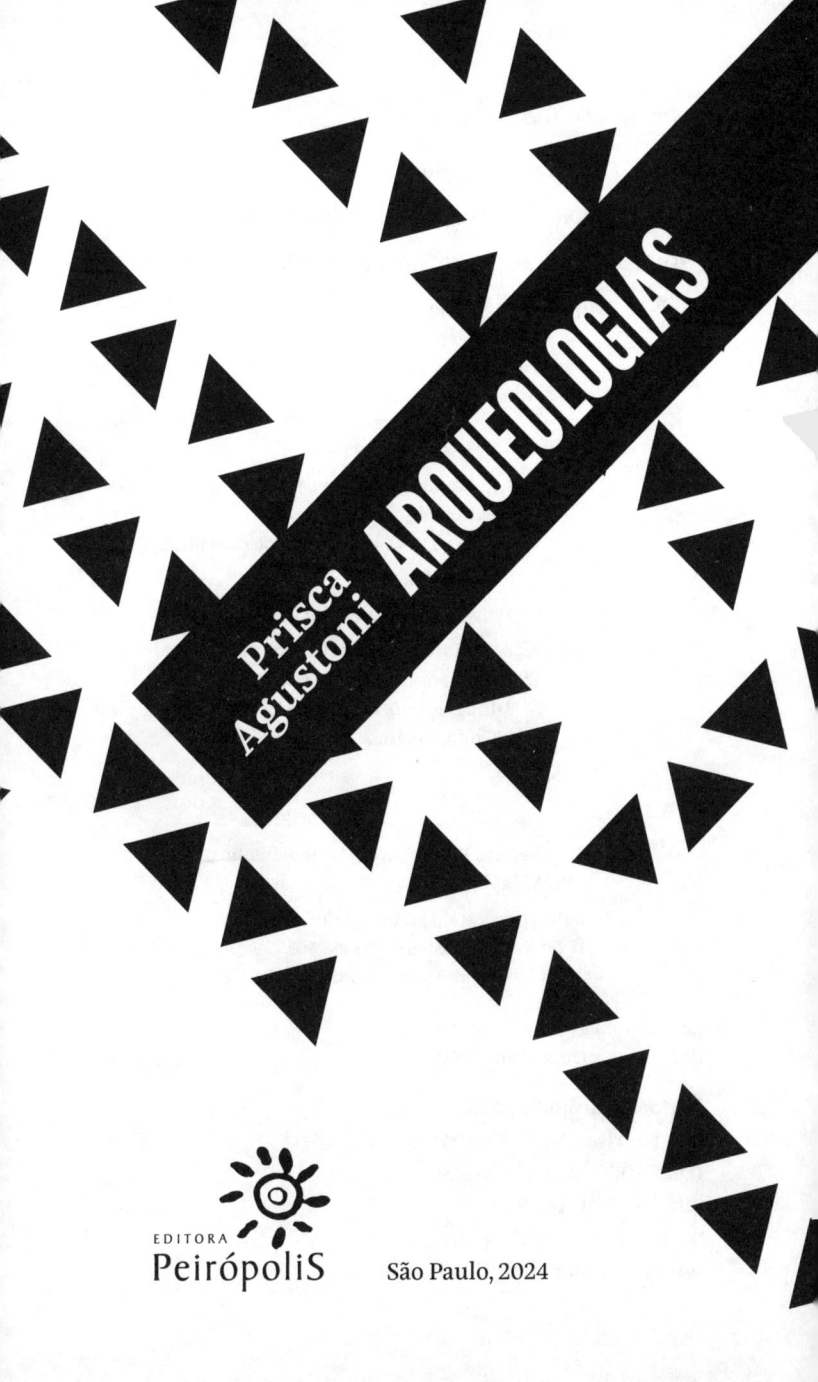

Prisca Agustoni

ARQUEOLOGIAS

EDITORA Peirópolis

São Paulo, 2024

Copyright © 2024 Prisca Agustoni

EDITORA **Renata Farhat Borges**
COORDENADORA DA COLEÇÃO **Ana Elisa Ribeiro**
PROJETO GRÁFICO E DIAGRAMAÇÃO **Gabriela Araujo F. Oliveira**
REVISÃO **Mineo Takatama**

Dados internacionais de Catalogação na Publicação (CIP)
de acordo com ISBD

A284a Agustoni, Prisca

Arqueologias / Prisca Agustoni. – São Paulo:
Peirópolis, 2024.
96 p.; 12 x 19 cm. – (Biblioteca Madrinha Lua)

Inclui índice.
ISBN 978-65-5931-325-9

1. Literatura brasileira. 2. Poesia. 3. Poesia
contemporânea. 4. Poesia escrita por mulheres.
5. Imigração. 6. Estrangeiros. 7. Arqueologia poética
I. Título. II. Série.

2024-1449

CDD 869.1
CDU 821.134.3(81)-1

Bibliotecário Responsável: Vagner Rodolfo da Silva –
CRB-8/9410

Índice para catálogo sistemático:
1. Literatura brasileira: Poesia 869.1
2. Literatura brasileira: Poesia 821.134.3(81)-1

Editado conforme o Acordo Ortográfico
da Língua Portuguesa de 1990.   1ª edição, 2024

Editora Peirópolis Ltda.
Rua Girassol, 310f – Vila Madalena
05433-000 – São Paulo – SP
tel.: (11) 3816-0699
vendas@editorapeiropolis.com.br
www.editorapeiropolis.com.br

▼▲ *Para Domingos Diniz,
amigo que me apresentou o rio São Francisco,
com saudades*

▼▲ *Para Edimilson,
com quem aprendi a amar este imenso país*

PREFÁCIO
Uma arqueologia malcomportada
Veronica Stigger

Prisca Agustoni deu a seu novo livro de poemas o título *Arqueologias*. O que de imediato chama a atenção é não grafar *arqueologia* no singular, mas optar pela grafia no plural, sugerindo, com esse gesto poético (só um poeta sabe a força que um simples *s* a mais pode ter), uma multiplicação de sentidos do que pode vir a ser *arqueologia*. Sem deixar de remeter à ciência que busca reconstruir a cultura e os modos de vida de determinada sociedade – seja ela antiga ou ainda presente – a partir de seus resíduos materiais, amplia a abrangência do termo, dando continuidade, aliás, a um gesto já experimentado por filósofos[1], mas também por artistas, ao longo do período moderno. Não há, aí, escavação sem invenção, investigação sem fabulação, e mesmo o limite entre passado, presente e futuro é posto em questão.

Se, neste livro, a poeta assume o papel da arqueóloga, ela o exerce a modo do "arqueólogo malcomportado", tal qual proposto pelo

multiartista e pluripensador Flávio de
Carvalho. Segundo ele, os arqueólogos "têm
medo da intuição poética e preferem ser
cientistas", sem se arriscar a ir além da
superfície das coisas ("naturalmente o bom
comportamento do arqueólogo não visa outra
coisa que um lugar seguro no céu"):

> Mecanizados por um catecismo científico
> eles têm medo do mundo e do pecado
> e só enxergam a linha traçada pelo
> catecismo – são equilibristas que pisam
> resolutamente sobre um fio suspenso no
> escuro e poucas vezes se lembram que
> psicologia e arqueologia não são atos de
> equilíbrio, mas sim coisas que surgem
> da grande sugestibilidade do mundo,
> coisas catastróficas que se sentem e cuja
> emoção e sensibilidade são apenasmente
> ampliadas pelo raciocínio.[2]

Entre a poesia e a segurança, Flávio de Carvalho elege
a primeira:

> Uma introspecção arqueológica privada de
> sentimento, isto é, da força penetrante da
> elaboração poética, nunca pode ressoar à
> plástica do resíduo e restabelecer o tumulto
> anímico colocado pelo homem na época
> examinada, mesmo porque o Homem que
> criou o resíduo não era arqueólogo.[3]

O arqueólogo malcomportado, por sua vez, caminha na
direção contrária, sem seguir cartilhas: deixa-se

tocar e encantar-se pelos resíduos encontrados.
Ele não tem medo do mundo. Ele *quer* o mundo.
Prisca Agustoni joga nesse time, até porque,
antes de mais nada, é uma cidadã do mundo.
Nascida em Lugano, na Suíça italiana, morou
por dez anos em Genebra, antes de se mudar
para o Brasil, país que adotou há mais de duas
décadas. Se, conforme sugere Fernando Pessoa
por meio de seu "semi-heterônimo" Bernardo
Soares, a pátria pode ser associada à língua,
Prisca, que, desde criança, acostumou-se ao
poliglotismo, afirma em "Revelação":

> levo na língua
> as pátrias como os peixes
>
> escorregando.

Por isso, também, sua arqueologia precisa ser plural: se a palavra contém em si o antepositivo grego *arkhē*, que quer dizer "origem, ponto de partida", talvez não haja, para Prisca, origem única, singular, um único ponto do qual partir. Daí que seja principalmente para o Brasil que ela volta sua prospecção arqueológica.

Neste livro, sua arqueologia – sempre malcomportada – é investigação, é método, é escavação, mas é também invenção, tomada aqui em seu sentido etimológico, de "descoberta" (*invenção* vem do verbo latino *invenīre*, que significa "achar, encontrar, descobrir"). A principal descoberta são as fotografias de Marcel Gautherot de uma série de cidades brasileiras, com as quais Prisca teve contato pela primeira vez em 2003, pouco tempo depois de ter se mudado para o Brasil. Como Prisca, Gautherot, fotógrafo francês, adotou como morada este "país abismal", expressão usada pela poeta na evocação de sua chegada a estas terras:

> Feliz por entrar
> neste país abismal
> junto aos que não
> vendem a história
> em esteiras de bambu,
>
> pois eu também estou
> com os que não
> são nem exóticos
> nem mansos.

Não por acaso, toda uma seção do livro – "das cinzas" – reúne poemas dedicados a outros estrangeiros que viveram no Brasil, como Lasar Segall, Mira Schendel, Stefan Zweig, ou que por aqui passaram, como Blaise Cendrars. Já dizia Flávio de Carvalho, pensando ainda a arqueologia:

> A ideia mesma de apreciação envolve viver fora do local, dos apreciadores de um certo local, já que aqueles que enxergam não são nunca os habitantes do local, pois que estes acostumados à visão diária do ambiente deixam de perceber as mutações do ambiente e o que ele possui de sugestivo.[4]

Na prospecção arqueológica do país encetada por Prisca Agustoni, as fotografias, que compreendem as décadas de 1940 a 1960, funcionam como os resíduos dessa civilização, que, como uma fênix, renasceu das cinzas recentemente (talvez não seja casual que há uma série de poemas feitos a partir de fotografias de Brasília, exemplo de "civilização-oásis" para Mário Pedrosa, um sonho de futuro, que foi atacada brutalmente na tentativa de golpe em 8 de janeiro de 2023). Os poemas ecfrásticos resultantes dessa prospecção se apresentam eles mesmos como certas peças arqueológicas que trazem incrustadas as marcas dos vários tempos. É, por exemplo, vendo a fotografia, de cerca de 1962-67, da Capela do Palácio da Alvorada, de Gautherot, que Prisca percebe, no passado, a inscrição de uma possibilidade de futuro:

> é curva e convexa
> a fé dessa cidade do amanhã
>
> só a cruz diz de um tempo
> antigo, cravado
>
> na alvorada de betume
> e pássaros
>
> de um país que ainda
> será.

Um futuro que, muitas vezes, precisa ser trazido à tona, precisa ser escavado, como em "Brasília 1958 (1)":

> Longe bem longe
>
> parece uma nuvem
> talvez um navio
> que boia no ar

: visão de um futuro
enterrado na poeira.

Em "Cena fluvial", também flagramos essa travessia dos tempos. Nesse poema, é a imagem da caravela – primeiro veículo saído da Europa (continente de Prisca) a cruzar o oceano Atlântico – como uma espécie de assombração que sugere o trespasse não apenas do tempo, mas da história:

> desde o porto
> aguardo impaciente
> a passagem da caravela
>
> regressando
> desde sempre
> da história.

Essa expectativa, localizada no presente, de vislumbrar o fantasma do passado, parece cifrar a definição mesma de "arqueologia" para Georges Didi-Huberman: "olhar as coisas presentes [...] em vista das coisas ausentes que determinam, no entanto, como fantasmas, sua genealogia e a forma mesma de seu presente"[5].

Não poderia ser outro o compositor que Prisca sugere ser ouvido enquanto se lê o livro. Heitor Villa-Lobos é também um arqueólogo malcomportado que fez uma grande prospecção do Brasil, mesclando à música dita "ocidental" melodias e ritmos indígenas e afrodiaspóricos, entre outros. Obedecendo à indicação estabelecida pela autora, tive de escolher um dos tantos conjuntos de trabalhos desse compositor, que também amo, para ouvir enquanto lesse *Arqueologias*, e não pensei duas vezes antes de colocar para tocar as *Bachianas brasileiras*. Nelas, há também o cruzamento dos tempos, dos lugares, dos continentes. Com elas, Villa-Lobos volta para Bach, que é também uma volta à cultura barroca – e essa volta ao Barroco não deixa de ser ainda uma volta à cultura brasileira em uma de suas maiores expressões: justamente o Barroco, que tem grande força no Estado de Minas Gerais, onde Prisca escolheu morar.

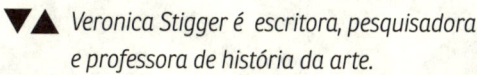 *Veronica Stigger é escritora, pesquisadora e professora de história da arte.*

1 Giorgio Agamben. Archeologia filosofica. In: *Signatura rerum:* sul metodo. Torino: Bollati Boringhieri, 2008. p. 82-111.

2 Flávio de Carvalho. As ruínas do mundo. In: *Os ossos do mundo*. São Paulo: Antiqua, 2005. p. 46-47.

3 Ibid.

4 Ibid., p. 41.

5 Georges Didi-Huberman. *L'image survivante:* histoire de l'art et temps des fantômes selon Aby Warburg. Paris: Les Éditions de Minuit, 2002. p. 323-324.

▼▲ *para ler ao som de Villa-Lobos*

PRELÚDIO

iniciação

Entrou naquele café
com amigos
em Saint-Germain-de-Prés

logo fez da palavra enxuta
exato movimento:

exilou-se
para além dos escapulários
em direção à moagem

a reboque dos pescadores
e de caatinga

bagagem

O encontro foi
no tempo dos caquis maduros.

Eu também amadurecia
bairros que em mim
já tinham algum nome.

Genealogias estrangeiras,
meu avô que falava
um inglês *locarnês*.

O encontro foi
na encruzilhada dos navios
zarpando da praça
em direção à fronteira dos javalis.

carta de viagem (1)

A praça estava farta de chapéus,
as mulheres
com o ágnus-dei no pescoço.

Ninguém sabia como partir
de verdade:
        o mar
uma quase invenção.

Galáxia de água.

Apesar disso,
todos ali
        à espera
dos astros e dos corais.

carta de viagem (2)

*"como poderemos costurar
a fronteira de nossas palavras
se nos separa um continente?*

*Seremos como as formigas
que desmantelam o caos,*

*e marcaremos um encontro
na quarta-feira de cinzas
posterior às máscaras."*

origem

a casa amarela
içada na vertical da memória
faz explodir os cristais

: enquanto os bois
cruzam os trilhos,

a casa, vela perene,
ilumina a infância

e semeia os estilhaços
– enigma do rebanho –
entrando na escuridão

travessia

Nos trópicos a noite cai
súbita e ameaça
as crinas do oceano

e os olhos fechados da mãe,
com seu carrossel de sonhos
desfilando no escuro.

Na cidade dos atlantes
a noite nos cega
ao mergulhar
lentamente
        no branco.

chegada (1)

: aqui não é somente batucada.

Além da esquina
o oceano
bate
corpo adentro

e essa língua
que repete

senzala aipim quintal
senzala aipim quintal

lambendo suas feridas
como uma segunda pele

chegada (2)

Feliz por entrar
neste país abismal
junto aos que não
vendem a história
em esteiras de bambu,

pois eu também estou
com os que não
são nem exóticos
nem mansos.*

DA TERRA

Carro de boi*

é esse equilíbrio
entre a linha e a curva
o segredo
da metafísica do boi
que aparenta ter asas

para encarnar a leveza
o arcabouço do mito

viajante

forjo a memória
    das luas
e a infensa solidão

na franja úmida
entre os continentes
capturo o tempo
e a sintaxe que rege
o grito da terra

a fala mansa dos bois

Romeiros, c. 1940-45
Bom Jesus da Lapa – BA*

o que dura
ergue-se da terra
e verga-se ao vento:

baleias, centauros, sereias
povoam a cabeça do gigante
árido do sertão

enquanto a mulher
equilibrando a cabaça
passa e segura no ombro
a redonda umidade do mundo

Jogo de capoeira*

O olho do tripé
colhe a harmonia
no salto a meia-lua
mas foge-lhe o verbo
e o código do umbigo

no silêncio do *portrait*

Guerreiros (festa popular), c. 1943
Maceió – AL*

os guerreiros se enfrentam
com faíscas no repente:

o sol é um punhal
que fere as cabras
e as casas à distância.

Os guerreiros usam facas
para partir o tempo
e a rapadura,

enquanto o silêncio
macera na garganta:

os guerreiros dançam
na palavra escassa
o ritmo da serpente,

a cosmogonia de uma terra
que resiste no sangue.

intermezzo

será preciso esperar
a estiagem
para que as palavras encharcadas
amadureçam

como fósseis
milenares na terra

Brasília: Praça dos Três Poderes*

A cidade surge da morte
dos ossos
do cerrado

sutil, alça ao céu
seus membros
de um corpo de aço

fíbula homero ulna
jaguarundi tapiro tatu

quase estivesse rezando
com compostura
para os ausentes

Brasília 1958 (1)*

Longe bem longe

parece uma nuvem
talvez um navio
que boia no ar

: visão de um futuro
enterrado na poeira

Brasília 1958 (2)*

Estamos em pleno apocalipse

as torres como corpos na névoa
encarnam em silêncio
a antiga tragédia

nossos dedos
trabalhando no cimento
são o pêndulo invisível,
os instrumentos divinos

mas há sombras que se alongam
tentáculos terrosos e queimados
que ainda nos lembram
quem seremos

Congresso Nacional*

a sinuosidade toda redonda
da cúpula do Congresso Nacional
é um seio semidesnudo,
meia esfera feito um cosmos
de concreto, astro
translúcido – corpo andrógino

descendo de outro planeta
para abrir clareiras
e sombras no deserto

Capela do Palácio da Alvorada, c. 1962-67*

é curva e convexa
a fé dessa cidade do amanhã

só a cruz diz de um tempo
antigo, cravado

na alvorada de betume
e pássaros

de um país que ainda
será

Moradia nos arredores da cidade Sacolândia*

árvores
árvores
suspiros vegetais

artérias regando o céu

lençóis brancos
memórias quarando
no sol

(orquídeas em voo)
    pipas

um rosto feminino sai
do tronco e vinga
sobre a terra,
no branco dos sapatos

da criança-quimera

Cena urbana – Salvador*

é de algodão o cheiro da primeira noite

logo vieram as urtigas, fartas
entre as vigas do amor

enquanto a cidade acorda
lenta e já evita o tapa
do sol, cansadas as telhas
que ardem e refletem
nos olhos de quem as espreita

o insolente esgar do tempo

▼▲
DAS ÁGUAS

paisagem

o dom quixote das águas
sobe pelo rio rasgado.

A cada hesitação no mapa
abre-se um atalho
atravessado pelos bois
que rodam a paciência
roem a balsa e o rebanho
moendo as estrelas do sertão

revelação

levo na língua
as pátrias como os peixes

escorregando

Carranca*

Sei das Geraes
o rapto,
ouro encharcado
em altares

e punhais
no peito dos rios,
onde agoniza
uma sombra

sei uma pergunta
selada:

um pequeno barco
sobre águas mortas
indica o fim
ou o começo
do mistério?

Puxada do xaréu*

Uma fileira de homens
à contraluz
alinhados no poente
do oceano,
com suas pernas
fazendo barragem
contra as escamas

é ensaio de balé
riscando o horizonte,

enxame de acrobatas
à mercê da estiagem

Rio Amazonas I*

No horizonte fixo da lente
inventar uma viagem –

: nesse caminho
insondável
abre-se uma fenda
de onde surge, turvo, um silêncio

Jangadeiro, c. 1950-52
Aquiraz – CE*

do outro lado
onde nunca estive
alguém viu
um canoeiro chamando
seus peixes

e uma garça imóvel
movendo o caos

Rio Amazonas II*

Apurímac
Urubamba
Solimões

são os nomes da origem,
linhagem de água dos que moram no rio

a fronteira é o céu e os pássaros
são portas de entrada no paraíso

a farinha se mistura com o peixe
e a vida não é
como a imaginamos

Cena fluvial*

desde o porto
aguardo impaciente
a passagem da caravela

regressando
desde sempre
da história

ameaçando
ancorar, eu sei,
em qualquer lugar

: sou nu e cru
diante dessa visão
de gente em perene
espera de embarque

Crianças, c. 1957-60
Rio São Francisco – BA*

duas crianças

montadas num tronco

o rio   lento

    perscruta

a infância toda madura

no corpo

**Passageiros à espera do vapor
Rio Vermelho, c. 1940-45
Rio São Francisco – BA***

O terno de linho branco sob o sol:

são todos filhos
da espera os que esperam

dentro de um corpo que sobra
na rara silhueta do outro no chão

– uma trégua, uma clepsidra
a fina tira de sombra alheia –

são todos guerreiros antigos,
o chapéu uma esgrima
avançando como flecha contra o céu

O porto*

essa longa e sempre outra
visão da bruma:
o horizonte some na alma,
difusas as caravelas de outros tempos

renova-se, no rastro do barco
que vai, o espectro da morte
que zarpa, vez por outra,
no porto da nossa eterna noite

▼▲
DO CÉU

Alardo (festa popular), c. 1955-57
Conceição da Barra – ES*

O Divino Espírito Santo
chega por meio do homem.
Duas sentinelas vigiam
aquilo que sendo invisível
é ciranda na ponta dos pés.

O Divino Espírito Santo
abraça os antigos e encobre
aquilo que sendo invisível
é tríptico de seda e cactos,

um ex-voto na Rolleiflex

Casario colonial*

Há um estranho espelhar-se
do céu na relva
onde despontam
ao invés de flores
cumeeiras.

No alicerce do vento
tangem as telhas

Salinas de Macau*

Os perímetros são móveis.

No entanto, as sombras
iluminam velas
que nunca deixam o porto.

Os perímetros são regulares,

porém os reflexos abrem asas,
suspensas,
e levantam voo

arrastando consigo a ossada.

Profeta Jonas*

No adro de Congonhas do Campo
armaram um palco

com anomalias e requintes
que perdoam das montanhas

as chagas,
germinando bromélias.

Em Jonas o conflito ganha corpo,
perfil angustiado,

enquanto cravos arranham
o exílio na pedra

em Jonas que, apesar da inércia,
foi da baleia à goela

Romeira*

A imagem captura
os olhos da moça
de Bom Jesus da Lapa,

e no retrato se avistam
as embarcações,
suas línguas caladas;

a câmara rega
duas flores negras
nos olhos da moça
de Bom Jesus da Lapa,

enquanto ela nos espia
como quem decifra
os segredos do enigma.

Carnaval 1957*

São anjos com asas de tule
as três mulheres, de pérolas
seu manto

as três mulheres do carnaval
arrastam um canto
cheio de confetes

pelos becos da cidade.

Sob o longo vestido francês,
com peruca e luvas de cetim
celebram no corpo uma festa

que dança na língua
o imprevisto balanço
de um latim congolês.

Festa de Iemanjá*

Se o rio é vermelho
de que cor será o manto de Iemanjá?

Se o mar é agitado
qual a palavra para chamar Iemanjá?

As jangadas no horizonte cortam
ao meio o reino dos deuses

enquanto a mão do homem
vira o leme do destino

se o mar é vermelho
como será o rosto de Iemanjá?

Freiras no Jubileu*

são brancas as mãos desse deus encarnado,
são puras as palavras desse deus delicado,
é de porcelana o corpo dessas irmãs intocadas:

as cinco freiras seguram o rosário,
o céu grava sobre suas costas

mas elas, ajoelhadas, rezam por um milagre
e espreitam as nuvens ao longe que avançam.

São brancos os silêncios desse deus venerado.

Maracanã*

Não é um disco voador
não é uma arena espanhola
não é um teatro grego
não é uma ópera italiana

é apenas grama

com pessoas que correm
atrás do que rola, sobe
estala e desaba

mas é de uma perfeição
tão divina, o instante, o desvio,
o pé bailarino, o monólogo
entre o peso que afunda
e a asa que levanta,

o olhar do humano que sabe
estar o tempo inteiro
entre o inferno e o paraíso

Bumba meu boi*

Aqui dançamos
em homenagem ao boi divino:
pedras preciosas coladas
na frente do animal,
um longo pescoço de veludo
que esconde o despojo,

o dogma em carne e osso
entra nos olhos cortantes
do garoto que dança
na pele de um deus profano

▼▲
DAS CINZAS

car écrire c'est brûler vif,
mais c'est aussi renaître de ses cendres

Blaise Cendrars

Blaise Cendrars – 1

outros vieram
antes dele,
e contaram
feitos maravilhosos,
façanhas
de plantas e catedrais
no jardim do caos

a paisagem revista
em cubos
                pernas
ovos
    e verde

mudas ilhas
que sangram ao sol

igrejas do Rosário
com conchas atrás das absides
e os tambores de Minas
ecoando

o impossível
ponto-final

Blaise Cendrars – 2

A caravana me levou para dentro
no profundo norte

onde o céu não tem esquinas
e os pássaros falam sua língua

São Paulo é um músculo pulsante
mas como é doce e quente e cheio
o verde quando nasce

parece ondular
entre as palmeiras e as colinas
acalentado por uma mão
que não está ali

um colo todo verde
onde cochilar
        e depois

floresce o mar

Mira Schendel

isto
isto é
isto é o mundo
vasto, isto é o mundo vasto
mundo,
        mudo

visto
através do vazio
– cintilante
e lúcido –
do signo

– o olho
do poema:

: balbucio

Stefan Zweig

Quando a noite te cospe fora do seu corpo
para sempre, quando a luz desta terra
"Brasil, país do futuro" não ilumina tuas horas,
quando ouves o chicote estalar nos outros,

em tua casa espiritual em ruína
assim como no esgoto e nos porões
deste triste país tropical, nas costas
dos negros, estoura então o silêncio;

agora que o medo volta, como o vento
carregando os restos da rua,
hoje que a razão nos nega o alívio do inocente
e poucos são os que ousam olhar para o sol,

justo aqui, nesta terra que futuro não ama,
cujos frutos apodrecem ainda verdes,
talvez, quem sabe, justo aqui

nos é dado enxergar, na penumbra incerta,
a aurora dessa longa noite

Elizabeth Bishop

O primeiro olhar sobre o verde
já foi certeza de naufrágio:

logo veio o fruto proibido,
meia polpa meio caroço
de um sabor indecente,

a descoberta que à vida
não se pede licença.

O amor, cada vez mais romã
e pele, tem estrelas no cabelo

e te ensaboa o corpo na bacia
que brilha e oscila como uma lua.

Imaginas então que o paraíso
perdido talvez exista, talvez esteja

bem perto, e o vês, no verde
encarnado, através dos vidros

enquanto as nuvens atravessam
as idades da tua casa.

Os seios dela são agora a senda,
os sinais dos passos na mata.

Pena que a chuva seja tão cruel
e varra até a mais sincera promessa.

Após a tempestade, a terra exala
um novo frescor, mas a hora
é estranha, e o verso tropeça.

Lasar Segall

Cansado daquilo que cansa
e dos que temem
o vazio se avizinhando

raptado pelo ocre, pelo escarlate,
pelo brilho da terra tão real
e tão outro daquele do choro

Lasar Segall segue a irmã
Luba até São Paulo do Brasil,

onde tenta e tenta
de novo até conseguir
triangular aquilo que lá
nasce redondo e sensual

apesar do céu que pesa
e aperta forte no peito

Ungaretti

esta cidade

um estado
de espírito

encarnado
aprisionado
no corpo

na dor
do pequeno corpo
ausente

sempre-verde

Frans Krajcberg

> *Quero que minhas obras sejam um reflexo*
> *das queimadas.*
> *Por isso uso as mesmas cores: vermelho e preto,*
> *fogo e morte.*
> *A minha vida é essa, gritar cada vez mais alto*
> *contra esse barbarismo que o homem pratica.*

sair da história para voltar à caverna

e ali, ilhado no eterno,

dominando o segredo da pedra

e do fogo, ler os sinais da tragédia

fazer da sua obra um grito primitivo:

ser filho e neto e pai e xamã

da floresta, escrivão

de seus rios e respiros

denunciar seu homicídio

virar cavalheiro da utopia

e das tartarugas, plantar

árvores como única sina,

por fim montar casa
e ateliê no topo de um tronco
de pequi, o *Sítio Natura*

de onde, avistando tudo
lá de cima, torceu a matéria
morta para lhe devolver
aquilo que nela menos dura

a equação do que vibra

▼▲▼▲▼▲▼▲▼▲▼▲▼▲▼▲▼▲▼▲▼▲▼▲▼▲▼▲
NOTA DA AUTORA

A história deste livro começa em 2003, quando,
    recém-chegada ao Brasil, entrei em contato
    com a vasta obra fotográfica do francês Marcel
    Gautherot (Paris, 1910 - Rio de Janeiro, 1996),
    hoje conservada no museu do Instituto Moreira
    Salles, no Rio de Janeiro. Marcel Gautherot
    foi um fotógrafo que, movido pela leitura do
    romance *Jubiabá*, de Jorge Amado, decidiu
    conhecer o Brasil. Aqui chegou em 1939 e
    permaneceu por 57 anos, viajando e fotografando
    diferentes aspectos da cultura brasileira,
    especialmente a vida popular interiorana.

Ele viveu num período de rápidas e importantes
    mudanças sociais, econômicas e culturais do
    Brasil, e seu registro fotográfico representa um
    importante testemunho desses fatos (como a
    pontual e poética documentação fotográfica
    da construção de Brasília).

O livro nasceu, pois, do desejo de atribuir uma
    linguagem poética à sua linguagem fotográfica,

numa espécie de atualização de um arquivo da memória de Gautherot, que, de pessoal, se fez coletivo e que, décadas depois, reverberou em mim.

Senti-me logo acolhida em seu mundo e partilhei, com ele, esse olhar estrangeiro (que oscila entre o encantamento e o estranhamento) para a vasta, plural, dura e muitas vezes desconcertante realidade brasileira. Como num jogo de reflexos, mas totalmente natural, dei-me conta da necessidade de juntar minha voz à sua e à de tantos outros (anônimos ou menos) estrangeiros que aqui chegaram e fincaram raízes mais ou menos estáveis, raízes flutuantes no vento.

Além disso, partilhei desde o primeiro momento o mesmo olhar curioso e empático do fotógrafo para a população brasileira do interior, que Gautherot soube captar de um jeito tão autêntico e pulsante. Nesse sentido, me vi logo familiarizada com sua atitude de "estrangeiro" que se aproxima do outro com espanto e proximidade. A experiência de "ser estrangeiro", apesar das muitas diferenças existentes em cada experiência singular, da mais radical e desesperada à mais serena, se assemelha em alguns traços genéricos, como no fato de misturar, muitas vezes de forma contraditória, sentimentos quais sofrimento e maravilhamento, surpresa e desconfiança, simpatia e indiferença, descoberta de si e estranhamento de si, formando um registro imaginário deslocado, isto é, sempre no fio da lâmina entre diferentes realidades, concretas e simbólicas.

Nesse sentido, acredito que existe um processo de aprofundamento do olhar para aquilo que nos cerca, quando confrontados com a experiência da reconstrução, lenta e nem sempre fácil, do sentido do cotidiano num contexto de migrante ou exilado. Mas o desdobramento do olhar, a oportunidade (desejada ou menos) do caminho duplo, permite também o desenvolvimento de uma nova sensibilidade ou, como a define a filósofa María Zambrano, "um expor-se, em total nudez, à margem da história".

Os poemas que compõem as seções "da terra", "das águas", "do céu" foram inspirados diretamente dos cliques de Marcel Gautherot, e os títulos com asterisco retomam exatamente o título da fotografia na qual se inspiraram. Outros poemas, no entanto, oferecem apenas referências indiretas às fotografias e suas ambiências. As imagens foram escolhidas de acordo com um critério totalmente subjetivo, conforme o gosto e o impacto que exerceram em mim.

Já os poemas que compõem a última seção, "das cinzas", foram escritos a partir do diálogo com alguns artistas estrangeiros que, como eu, chegaram ao Brasil e contribuíram para a construção de um registro cultural (artístico ou literário) deste imenso país.

Para ver ou descobrir as fotografias de Marcel Gautherot, indico o site do museu brasileiro que hoje conserva seu arquivo, o Instituto Moreira Salles (http://www.ims.com.br/ims/explore/artista/marcel-gautherot/perfil).

Poema *bagagem:*
locarnês: dito de pessoa ou coisa originária
da região de Locarno, cidade da Suíça
italiana.

chegada (2):
Versos do poeta brasileiro Heleno Afonso
Oliveira (Santa Clara [PE], 1941 - Lisboa,
1995), que é quase desconhecido no Brasil e
que viveu muitos anos em Florença.

POSFÁCIO
Elegância e os deslocamentos
Ana Elisa Ribeiro

Há vários livros de Prisca Agustoni em minhas estantes. Se penso em uma palavra que dê o tom para o que ela faz é "elegância". Sempre fiz essa associação, lendo seus poemas entre línguas, entre montes, entre continentes. Fazia tempo que a queríamos nesta coleção e celebramos quando estas *Arqueologias* desaguaram aqui.

Este é um livro muito brasileiro de Prisca Agustoni, mas também um livro de uma poeta que vê como quem chega, entra e contempla. Não só. Ela experimenta, vive, refina e abraça todas as vivências possíveis a alguém que está e vai, vai e volta, tem raízes e asas. Aqui, o gosto é de caquis maduros em algumas páginas, cheiro de mato, tempo, paisagens, variadas paisagens sob sua mira, sob seus pés, noite e dia, experimentando para entender, para conhecer e para deixar. Estão aqui alguns temas que dão coerência à obra da poeta, como a viagem, a migração, o estrangeiro, o exógeno, mas também o familiar, o afeto cultivado, a segunda pele, o zarpar e o estabelecer-se. Os poemas são o canto, a dança, deuses e orixás, a palavra escrita composta e a palavra dita de vestido rodado.

Prisca decidiu que este livro seria dividido em partes, e elas são cinco, contando-se desde o Prelúdio, passando pela terra, pelas águas, pelo céu e pelas cinzas. As festas populares estão de par com as árias clássicas, as edificações precárias e os monumentos intocáveis, cidades do sertão e capitais. Para executar isso, as pátrias escorregando pela língua, as línguas, no caso desta poeta. *Arqueologias* é um mapa de viagem, antes, depois, mas principalmente durante o deslocamento.

Esta coleção esperava por mais este título com ansiedade. A Biblioteca Madrinha Lua pretende reunir algumas das poetas que nos aparecem pelas frestas do mercado editorial, pelas fendas do debate literário amplo, pelas escotilhas oxidadas enquanto mergulhamos na literatura contemporânea. Já no final da vida, Henriqueta Lisboa, nossa poeta madrinha, se fazia uma pergunta dura, sem resposta previsível, em especial para as mulheres que escrevem: "Terá valido a pena a persistência?". Mais cedo ou mais tarde, todas nos perguntamos isso. Não terá sido por falta de persistência e de uma coleção como esta, à qual se soma este livro em que os versos não tropeçam nem em fronteiras, nem em limites.

ÍNDICE DE POEMAS

iniciação **18**

bagagem **19**

carta de viagem (1) **20**

carta de viagem (2) **21**

origem **22**

travessia **23**

chegada (1) **24**

chegada (2) **25**

Carro de boi* **28**

viajante **29**

Romeiros, c. 1940-45
Bom Jesus da Lapa – BA* **30**

Jogo de capoeira* **31**

Guerreiros (festa popular), c. 1943
Maceió – AL* **32**

intermezzo **33**

Brasília: Praça dos Três Poderes* **34**

Brasília 1958 (1)* **35**

Brasília 1958 (2)* **36**

Congresso Nacional* **37**

Capela do Palácio da Alvorada,
c. 1962-67* **38**

Moradia nos arredores
da cidade Sacolândia* **39**

Cena urbana – Salvador* **40**

paisagem **44**

revelação **45**

Carranca* **46**

Puxada do xaréu* **47**

Rio Amazonas I* **48**

Jangadeiro, c. 1950-52
Aquiraz – CE*   **49**

Rio Amazonas II*   **50**

Cena fluvial*   **51**

Crianças, c. 1957-60
Rio São Francisco – BA*   **52**

Passageiros à espera do vapor
Rio Vermelho, c. 1940-45
Rio São Francisco – BA*   **53**

O porto*   **54**

Alardo (festa popular), c. 1955-57
Conceição da Barra – ES*   **58**

Casario colonial*   **59**

Salinas de Macau*   **60**

Profeta Jonas*   **61**

Romeira*   **62**

Carnaval 1957*   **63**

Festa de Iemanjá*   **64**

Freiras no Jubileu*   **65**

Maracanã*   **66**

Bumba meu boi*   **67**

Blaise Cendrars – 1   **70**

Blaise Cendrars – 2   **72**

Mira Schendel   **73**

Stefan Zweig   **74**

Elizabeth Bishop   **75**

Lasar Segall   **77**

Ungaretti   **78**

Frans Krajcberg   **79**

FONTES **Eskorte e Ronnia**
PAPEL **Pólen Bold 70 g/m²**
TIRAGEM **1000**